V 853
c

6391

V 853
c

6391

AU ROI.

IRE,

Le Chevalier de Causans, ci-devant Colonel du Régiment de Conty, Infanterie,

Remontre très-humblement à VOTRE MAJESTÉ, que si l'erreur pouvoit prévaloir sur la vérité évidente & manifeste, il n'y auroit plus ni principe, ni société parmi les hommes.

A

Le Suppliant fe trouve forcé de porter fes plaintes aux pieds du Thrône contre l'Académie Royale des Sciences, que Louis XIV. a inftituée, & que VOTRE MAJESTE' protége, quels titres plus glorieux peuvent illuftrer les Juges des Sciences & des Arts, & les contenir dans les bornes de l'équité & de la juftice ! Cependant, S I R E, le Suppliant, pour défendre fon honneur, fe trouve obligé de dire que cette Compagnie s'eft écartée en cette occafion de ce qu'elle devoit à la vérité, au public, & à fon principal devoir, comme il fera aifé de le démontrer.

Ce ne fut que par une complaifance forcée que l'Académie voulut bien admettre le Suppliant en 1755. à démontrer devant elle fa Propofition fur la Quadrature du Cercle. L'importance de cette vérité, par les grands avantages qu'elle procureroit, fembloit devoir exciter la curiofité, pour une découverte qui avoit réfifté à la recherche de tous les Géométres du Monde.

Son Mémoire remis au Secrétaire de l'Académie, on lui promit, felon l'ufage, des Commiffaires à la prochaine Affemblée, & le Sr Bouguer, alors Directeur, lui dit d'envoyer le même jour pour en avoir les noms, avec promeffe qu'il pourroit conférer avec eux. Dans cette confiance le Suppliant attendoit tranquillement les noms des Commiffaires auxquels l'Académie fubftitua le Certificat qui fuit :

Extrait des Regiftres de l'Académie Royale des Sciences du 16. Mai 1755.

M. le Chevalier de Caufans ayant lu mercredi dernier 14. Mai 1755. à l'Académie un Mémoire manuf-

crit de fa compofition fur la Quadrature du Cercle , &
l'Académie ayant fait aujourd'hui vendredi 16. du même
mois , une feconde lecture de cet Ecrit, la Compagnie
y a remarqué plufieurs Propofitions manifeftement fauf-
fes, d'autres inintelligibles , & un abus très-fréquent des
termes ; elle a jugé que le rapport de 12 & demi à 16,
donné par l'Auteur pour le rapport exact du Cercle au
Quarré circonfcrit, non-feulement n'eft pas exact, mais
qu'il eft beaucoup moins approchant qu'un grand nom-
bre d'autres rapports connus, qui ne font eux-mêmes que
des approximations ; & qu'enfin M. le Chevalier de Caufans n'a point réfolu le Problême de la Quadrature du
Cercle. En foi de quoi j'ai figné le préfent Certificat. A
Paris, ce 16. Mai 1755. *Signé* Grandjean de
Fouchy , *Secrétaire perpétuel de l'Académie Royale des
Sciences.*

Ce Jugement fi précipitamment rendu , fans l'avis des
Commiffaires que l'Académie elle-même avoit promis,
augmenta la confiance du Suppliant, qui ne pouvoit
croire que l'Académie fe fervît d'un moyen fi contraire
au droit des gens & au progrès des Sciences , fi elle
avoit trouvé des raifons contraires à fa Propofition, pour
la rendre fenfible , & lui donner l'éclat dont elle avoit
befoin. SA MAJESTÉ eut la bonté de la recevoir
au mois de Juin dernier , & d'ordonner à l'Académie,
après plufieurs refus formels , de l'examiner.

Le même efprit, qui avoit prévenu l'Académie, a employé trois Commités & deux Affemblées pour dicter
un Jugement uniquement à l'avantage de la contradiction, de l'erreur & du paradoxe : la lecture & la réfutation n'en laifferont aucun doute.

Extrait des Regiſtres de l'Académie Royale des Sciences du 20. Juillet 1757.

M. le Chevalier de Cauſans ayant obtenu un ordre du Roi pour que l'Académie examinât ſon nouvel Ecrit intitulé, *Démonſtration de la Quadrature du Cercle,* Nous, Commiſſaires nommés, allons rendre compte à la Compagnie de l'examen que nous en avons fait.

Articles de l'Extrait de l'Académie Royale des Sciences.	*Réponſe aux Articles de l'Extrait de l'Académie.*
### ARTICLE I.	### ARTICLE I.
M. le Chevalier de Cauſans commence par dire, que le vrai rapport du diamétre à la circonférence eſt de 8 à 25, ſans indiquer par quelle voie il y eſt arrivé.	Le Suppliant ignoroit que la Quadrature du Cercle dépendît d'indiquer par quelle voie il y eſt arrivé ; & puiſqu'il faut le dire, c'eſt par des expériences, des réflexions, & une méthode inconnue à tous les Géométres.
### II.	### II.
Et il donne pour démonſtration de ſa prétendue découverte, l'égalité qu'il trouve entre différens produits qu'il forme par le diamétre & différentes portions de diamétre qu'il prend telles qu'il veut &	Le Suppliant ayant établi pour principe certain, par une nouvelle méthode, le rapport de 8 à 25 du diamétre à la circonférence d'un Cercle, il a décrit dans un Cercle de 8 pouces de diamétre un quarré de 5 pouces de côté, qu'il a démontré être la moitié de l'étendue du Cercle, parce qu'il eſt

où il veut, sans qu'il y entre aucune ligne comparée à la circonférence.

III.

Comme il a pris les parties du diamétre, qu'il emploie abfolument à son gré, il n'eft pas étonnant qu'il foit parvenu à former des produits égaux, qu'il regarde comme la folution du Problême, & il conclut par la formule ordinaire ce qu'il falloit démontrer, avec autant de confiance que s'il avoit fait une démonftration.

IV.

Mais pour faire connoître combien ce rapport de 8 à 25 s'éloigne du vrai

refté autant de parties d'un fecond diamétre qu'il en a employé du premier pour former le quarré de 25 pouces de furface, & à moins qu'on ne difpute que 25 n'eft pas la moitié de 50, on ne fçauroit attaquer cette vérité. L'Académie fe contredit donc manifeftement, en difant que le Suppliant ne compare aucune ligne avec la circonférence, fa Propofition n'étant fondée que fur un diamétre de 8 & une circonférence de 25, comme l'Académie l'a dit dans l'Article premier.

III.

L'Académie avoue que le Suppliant a formé des produits égaux, fans rien dire contre fa propofition ; donc elle eft bonne : il laiffe à l'Académie la liberté de prendre telles parties qu'elle voudra, & où il lui plaira dans un Cercle quelconque, & fi elle parvient jamais à former, comme lui, deux produits égaux, il paffera condamnation.

IV.

Cet Article eft important.
L'Académie propofe pour un cercle de 7 pouces de diamétre,

rapport qu'on demande du diamétre à la circonféren- ce , comparons-le aux li- mites que M. Nicole a don- nées dans les Mémoires de 1747. comme la voie la plus courte & la plus com- mode , & pour cela rame- nons-là au diamétre 7, 8, 25, 7, 21, $\frac{875}{1000}$e. Ce qua- triéme terme se trouve beaucoup moindre que la plus petite des limites de M. Nicole , qui est 21, neuf milliards, neuf cent onze millions, quatre cent quatre-vingt-cinq mille, sept cent cinquante - huit parties de dix milliards.

des limites entre 21 pouces & neuf milliards , neuf cent onze millions , quatre cent quatre- vingt-cinq mille , sept cent cin- quante-huit parties de dix mil- liards, cette énorme fraction ne sçauroit convenir qu'à un Cer- cle de soixante & dix milliards de diamétre , & une circonfé- rence à proportion , l'Acadé- mie ayant divisé l'entier en dix milliards de parties , & si on la prioit de réduire cette mon- strueuse fraction rélativement à un Cercle de 7 de diamétre , on pourroit la défier de trou- ver jamais des termes pour ex- primer les fractions de fractions qui en résulteroient; la consé- quence est naturelle. Il semble que l'Académie ignore les li- mites d'un Cercle quelcon- que. Le Suppliant va l'indiquer très-exactement par son simple rapport de 8 à 25, qui don- neroit 218 milliards, 750 mil- lions de circonférence à un Cer- cle de 70 milliards de diamé- tre, & 21 pouces 7 huitiémes à un Cercle de 7 pouces de diamétre, ce que le Suppliant assûre être invariable.

De sorte que l'Académie se- roit en excès du véritable rap- port pour la circonférence d'un Cercle de 70 milliards de dia- métre, en supposant que ce fussent des pouces de cent

foixante - un millions , quatre
cent quatre-vingt-cinq mille ,
fept cent cinquante-huit pouces ; & fi elle peut prouver par
des figures de Géométrie, des
nombres , ou un autre moyen
apparent quelconque , que le
rapport que le Suppliant propofe s'éloigne de la précifion
feulement de la cent-millioniéme partie d'une ligne de pouce,
il demande le Jugement le plus
humiliant.

Comparons préfentement les
cent foixante-un millions, quatre cent quatre-vingt-cinq mille,
fept cent cinquante-huit pouces , dont le Suppliant affûre
que l'Académié feroit en excès
pour un Cercle de foixante-dix
milliards de diamétre , avec
l'impoffibilité où elle eft de
prouver que le Suppliant eft en
excès ou en défaut pour un pa-
reil Cercle , feulement de la
cent-millioniéme partie d'une
ligne de pouce , & le fophifme
paroîtra à découvert.

L'Académie donne encore à
connoître , qu'elle n'auroit rien
oppofé à la Propofition du
Suppliant en 1746. puifqu'elle
n'a employé pour la combattre
que la chimérique fraction de
neuf milliards , neuf cent-onze
millions , quatre cent quatre-
vingt-cinq mille, fept cent cinquante-huit parties de dix milliards , découverte dans les ef-
paces imaginaires en 1747.

V.

Ainſi, bien loin que le rapport de M. le Chevalier de Cauſans ſoit le vrai rapport du diamétre à la circonférence, il n'en eſt pas même une approximation recevable, car il s'en écarte beaucoup plus que les rapports les moins exacts dont on ſe contente pour les uſages ordinaires.

VI.

Tel eſt le Jugement que nous portons ſur cet Ecrit, dans lequel on ne trouve ni conſtruction de Problême, ni aucun raiſonnement dont on puiſſe conclure la moindre choſe, non-ſeulement pour une Quadrature exacte, mais pas même pour une approximation.

VII.

Et nous terminons ce rapport en diſant, que M. le Chevalier de Cauſans n'a rien trouvé, ni rien

V.

Pour rejetter avec mépris le rapport que le Suppliant a propoſé, l'Académie déclare que ce n'eſt pas même une approximation recevable, & qu'il s'écarte beaucoup plus de la préciſion que les rapports les moins exacts, dont on ſe contente pour les uſages ordinaires.

Ce paradoxe n'eſt certainement point ordinaire ; car ſeroit-il raiſonnable de préférer pour la pratique les rapports les moins exacts, ſi on en connoiſſoit de meilleurs ? L'Académie décidera mieux cette queſtion, qu'elle n'a décidé celle dont il s'agit.

VI.

Tout ce verbiage ne peut former l'ombre d'un raiſonnement ſolide contre la démonſtration du Suppliant, qui ne peut être détruite que par une meilleure, ſur-tout l'Académie ayant dit que le rapport du Suppliant eſt un des moins approximés.

VII.

Pour donner le change ſur l'Ecrit du Suppliant du 16. Mai 1755. l'Académie en parle comme d'une autre Propoſition que celle dont il s'agit, c'étoit ce-

démontré dans ce nouvel Ecrit, non plus que dans celui sur lequel l'Académie a prononcé le 16. Mai 1755. *Signé* DELISLE & DE PARCIEUX.

Je certifie l'Extrait ci-deffus & de l'autre part conforme à l'original & au Jugement de l'Académie. A Paris, ce 22. Juillet 1757. *Signé* GRANDJEAN DE FOUCHY, *Secrétaire perpétuel de l'Académie Royale des Sciences.*

pendant là même que l'Académie condamna après une fimple lecture publique, ce qui a prouvé feulement qu'on peut nier une vérité de Géométrie, & qu'on ne fçauroit jamais la détruire.

Premiere Lettre du Chevalier de CAUSANS *à* M. *de* FOUCHY, *Secrétaire de l'Académie Royale des Sciences, du* 10. *Novembre* 1757.

MONSIEUR,

L'Académie n'a pas, fans doute, donné affez d'attention au rapport de Meffieurs les Commiffaires qu'elle m'a nommés, puifqu'il renferme contradiction, erreur & paradoxe manifeftes. J'ai fait, M. une Réponfe par Articles pour le prouver, & démontrer la vérité de ma Propofition fur la Quadrature du Cercle, par une progreffion continuë en même raifon & jufqu'à l'infini entre des quarrés & des cercles, ce que ne produiroit jamais tout autre rapport que celui que je propofe du diamétre à la circonférence. L'eftime particuliere que j'ai pour Meffieurs les Académicïens, & le défir de leur

B

plaire, m'obligent, M. de vous ouvrir mon cœur là-deſ-
ſus. La gloire & la réputation de l'Académie y ſont in-
téreſſées. Elle m'a condamné ſans aucune raiſon appa-
rente, en diſant que ma Propoſition n'eſt pas même une
approximation recevable : ſi cela eſt, je vous prie in-
ſtamment, M. d'obtenir qu'on en donne d'office la
moindre preuve auſſi ſimple que ma démonſtration, &
alors je rendrai graces authentiques à l'Académie, en
avouant l'erreur ; mais ſi, contre mon attente, elle per-
ſiſtoit à me croire bien jugé, en oppoſant ſeulement une
fraction de neuf milliards, neuf cent onze millions,
quatre cent quatre-vingt-cinq mille, ſept cent cinquante-
huit parties de dix milliards pour limites d'un Cercle de
ſept de diamétre, j'aurai recours au Roi, dont la bonté
& la juſtice accompagnent les actions. J'aurai l'honneur
de préſenter à Sa Majeſté le rapport des Commiſſaires, la réfutation, ma démonſtration par une progreſſion
géométrique continue juſqu'à l'infini, & le tout impri-
mé, découvriroit que la mauvaiſe volonté auroit pré-
valu dans la plus reſpectable Académie, ſur la plus im-
portante vérité de Géométrie, à laquelle on ne doit
pas refuſer de rendre témoignage, pour ou contre &
d'une façon évidente. J'agirai, M. rélativement à votre
Réponſe, j'eſpére qu'elle ſera conforme à l'exacte pro-
bité qui conduit l'Académie, qui verra en manuſcrit, ſi
elle juge à propos, une progreſſion géométrique ſelon
mon rapport juſqu'à l'infini entre des cercles & des quarrés, & la réfutation très-claire des limites dont elle s'eſt
ſervie pour me condamner. Un quart-d'heure de temps
ſuffira pour s'en convaincre ſans aucune peine. Ayez la
bonté, M. de m'inſtruire des ſentimens de l'Académie
à mon égard, & d'être perſuadé que j'ai l'honneur d'ê-
tre, &c. *Signé*, le Chevalier de C A U S A N S.

Seconde Lettre au même, du 15. Novembre 1757.

Monsieur,

Je vous prie encore de ne laisser pas ignorer à l'Académie Royale des Sciences que ma Requête au Roi est toute prête, si elle refuse de me convaincre, & le Public, par des raisons simples & évidentes. Je désire de tout mon cœur, M. d'éviter que les moyens, pour ma défense, paroissent aux yeux du Roi. Je serai forcé de dire des vérités que je voudrois pouvoir cacher au prix de mon sang, puisqu'elles découvriront un blâme irréparable contre des Juges que j'aime & respecte. Je me flatte, M. que j'aurai demain, au sortir de l'Académie, une réponse positive. J'ai l'honneur d'être, &c. *Signé*, le Chevalier de C A U S A N S.

Réponse de M. de F o u c h y aux deux précédentes Lettres.

Monsieur,

J'ai communiqué, suivant votre intention, à l'Académie les deux Lettres que vous m'avez fait l'honneur de m'écrire. Elle m'a chargé de vous marquer de sa part qu'elle ne peut rien changer à son Jugement, & qu'elle avoit même déclaré qu'elle ne pouvoit plus se mêler de cette affaire. Les démonstrations des approximations dont vous parlez sont depuis longtems données au Public par M. Nicole, & imprimées dans les Mémoires de l'Académie. Au reste, M. vous êtes parfaitement le maître d'agir comme vous le jugerez à propos, & l'Académie se croit fort en sûreté sur cet article. J'ai l'honneur d'être, &c. *Signé*, de Fouchy.

A l'Académie, ce 16. Novembre 1757.   B ij

SIRE , ce n'eft qu'après avoir employé inutilement les procédés les plus honnêtes, que le Suppliant implore la juftice de Votre Majefté. Jamais queftion n'a été plus digne de fa bonté. La gloire de la vérité, & l'avantage des Nations y font également intéreffés.

Le Suppliant ne parlera que brievement des avantages que procurera la Quadrature du Cercle. Quelque figure que puiffe avoir le Globe terreftre, on connoîtra exactement les longitudes par mer & par terre.

On aura la connoiffance parfaite de la Trigonometrie pour tous les triangles rectilignes & myftilignes.

L'Aftronomie & la Géographie acquereront le dernier degré de perfection, de même que les Sciences, les Arts & les Mécaniques qui ont rapport à la Géométrie, & la fimple Arithmétique fuffira, fans peine, pour les plus grandes opérations, fans avoir befoin des Tables de Sinus, de Logarithme, ni d'Algebre.

Le Suppliant donnera encore avec la même facilité le véritable rapport de la diagonale d'un quarré quelconque avec un des côtés, ce que toutes les Académies ont toujours regardé comme des incommenfurables abfolus.

Le dernier Certificat de l'Académie renferme bien évidemment contradiction, erreur & paradoxe. Elle s'eft donc volontairement écartée de la vérité, ayant voulu l'envelopper pour en rendre la connoiffance plus difficile. Elle a manqué au Public, ayant voulu le priver des avantages infinis que procurera la Quadrature du Cercle ; elle a manqué enfin effentiellement à fon premier devoir, en refufant d'examiner des Mémoires qui ont rapport aux Sciences.

AXIOME DE GEOMETRIE.

Les cercles font entr'eux comme les quarrés de leurs diamétres ; c'eft-à-dire, qu'un cercle de diamétre dou-

ble d'un autre, à une furface quadruple, & un cercle dont
le diamétre eft égal à la diagonale d'un quarré circonfcrit à un cercle, eft double du cercle infcrit.

VERITE'S RECONNUES DE TOUS
LES GEOMETRES.

Un quarré quelconque dont un des côtés eft égal à la
diagonale d'un autre quarré, contient une étendue double.

Pour connoître l'aire d'un cercle, il faut multiplier la
demie-circonférence par un de fes rayons, moitié du dia-
méttre , ou toute la circonférence par un demi-rayon,
quart du diamétre.

Diamétres de quatre Cercles en raifon de furfaces quadruples.	*Côtés de quatre quarrés , en raifon d'étendue quadruple.*
4. 8. 16. 32.	5. 10. 20. 40.
$12\frac{1}{2}$. 50. 200. 800.	25. 100. 400. 1600.

Valeurs des quatre Cercles fur les rapports de 4 à 12 & $\frac{1}{2}$, 8 à 25, 16 à 50, 32 à 100 des diamétres aux circonférences des Cercles.

Valeurs des quatre Quarrés.

SUR CES PRINCIPES VRAIS.

Progreffion Géométrique en raifon fous double entre
les quatre cercles & les quatre quarrés ci-deffus.

4. 5. 8. 10. 16. 20. 32. 40.

Puifque 4. eft à 5. comme 8. à 10. 16. à 20. 32. à 40.
de forte que les cercles qui auroient des diamétres égaux,
aux diagonales des quarrés circonfcrits aux cercles. 4.
8. 16. 32. de diamétres , feroient de furfaces égales aux
quarrés 5. 10. 20. 40. de côtés ; & fi on doubloit alter-
nativement les côtés des quarrés & les diamétres des
cercles fur cette progreffion jufqu'à l'infini , ils augmen-
teroient fucceffivement & également en raifon quadruple de furfaces.

DEMONSTRATION SIMPLE
DE LA QUADRATURE DU CERCLE.

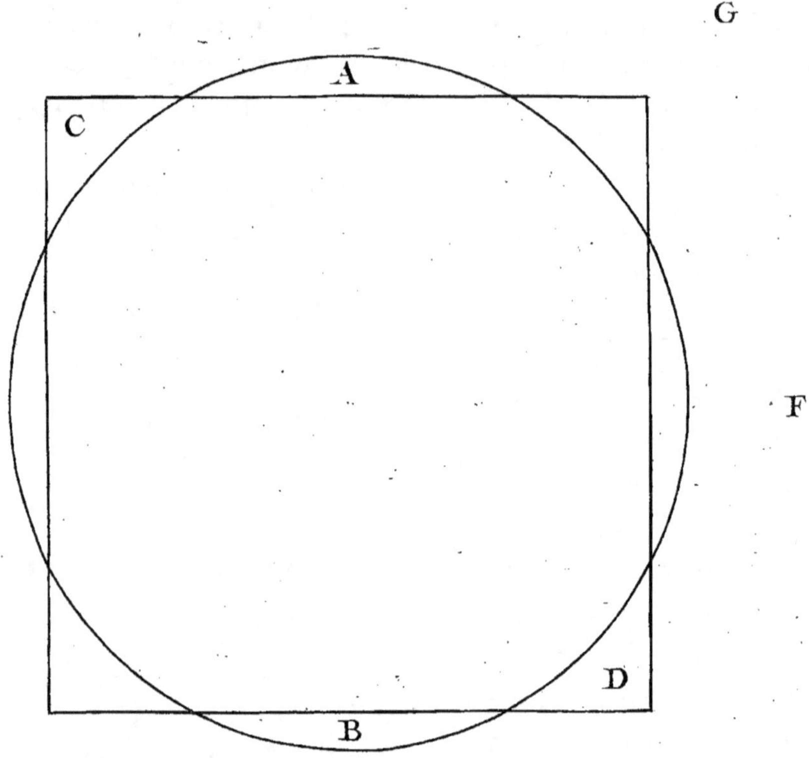

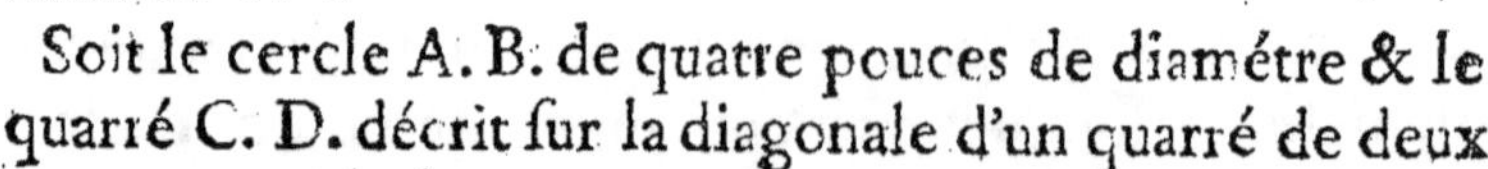

Soit le cercle A. B. de quatre pouces de diamétre & le
quarré C. D. décrit fur la diagonale d'un quarré de deux

pouces & demi de côté; le cercle A. B. & le quarré C. D. ont une furface égale, le cercle A. B. de quatre pouces de diamétre contenant une étendue de douze pouces & demi fur le rapport établi du diamétre à la circonférence, & le quarré C. D. étant décrit fur la diagonale d'un quarré de deux pouces & demi de côté, ce qui donne auffi douze pouces & demi de furface.

Soit encore le cercle E. F. dont le diamétre eft égal à la diagonale d'un quarré circonfcrit à un cercle de quatre pouces de diamétre, qui le rend double du cercle infcrit, & lui donne par conféquent la valeur de vingt-cinq pouces égale au quarré G. H. de cinq pouces de côté, &c. ce qui eft parfaitement conforme à la progreffion géométrique ci-deffus.

A CES CAUSES, SIRE, PLAISE A VOTRE MAJESTE' ordonner à l'Académie Royale des Sciences, d'examiner méthodiquement, & combattre, s'il y a lieu, les preuves fur la Quadrature du Cercle à elle ci-devant préfentées par le Suppliant, auxquelles elle n'a fait aucune attention, & qu'elle a induement condamnées par deux prétendues décifions des 16 Mai 1755. & 20 Juillet 1757. & après qu'elle aura fait l'examen requis par le Suppliant, ordonner qu'elle foit tenue d'en porter fon jugement, *lequel fera motivé & raifonné*, & le Suppliant ne ceffera de continuer fes vœux & prieres pour la fanté & confervation de Votre Majefté.

Signé, LE CHEVALIER DE CAUSANS.

Me MARS, Avocat.

A PARIS, De l'Imprimerie de GISSEY, rue de la vieille Bouclerie, à l'Arbre de Jeffé. Ce 9. Décembre 1757.